DU MÊME AUTEUR

WEBCAM, Le Passage (et Points)

LA DORMEUSE DE NAPLES, Le Passage (et Points)

UNE PETITE LÉGENDE DORÉE, Le Passage (et Points)

À BAS LA NUIT, Grasset (et Le Livre de Poche)

INTRIGUE À L'ANGLAISE, Grasset (et Le Livre de Poche)

LE SOLILOQUE DE L'EMPAILLEUR, *nouvelle,* avec des photographies de Karen Knorr, Gallimard, « Le Promeneur »

INTRIGUE À VERSAILLES, Grasset (et Le Livre de Poche)

LE COIFFEUR DE CHATEAUBRIAND, Grasset (et Le Livre de Poche)

INTRIGUE À VENISE, Grasset (et Le Livre de Poche)

INTRIGUE À GIVERNY, Grasset (et Le Livre de Poche)

LA NOUVELLE VIE D'ARSÈNE LUPIN, Grasset

LES OISEAUX DE CHRISTOPHE COLOMB

ADRIEN GOETZ

LES OISEAUX DE CHRISTOPHE COLOMB

nrf

GALLIMARD

Le seul véritable voyage, le seul bain de Jouvence, ce ne serait pas d'aller vers de nouveaux paysages, mais d'avoir d'autres yeux, de voir l'univers avec les yeux d'un autre, de cent autres, de voir les cent univers que chacun d'eux voit, que chacun d'eux est…

MARCEL PROUST,
La Prisonnière

UNE PETITE FILLE ASTURIENNE

Alina a envie de rester au soleil. Ce matin, elle découvre qu'à côté de la maison de son oncle et de sa tante se trouve un jardin en désordre, avec des herbes folles et des coins tranquilles où les enfants viennent jouer. Elle a suivi les indications données par son oncle Juan : un peu avant onze heures, elle s'est faufilée pour passer entre une classe de première et un groupe de dames à cheveux blanc et bleu, devant le musée, sur le quai Branly, sans s'attendre à cette nature sauvage, à cet étang, à ces arbres. Elle regarde une grande affiche, sur laquelle il est écrit : « Le musée du quai Branly a dix ans » avec une petite fille, très bien dessinée, qui ajoute : « Comme moi ! » Alina trouve que la petite fille lui ressemble un peu, sauf que, elle, elle a treize ans. Sa tante a dit à une de ses amies, en la présentant : « Voici notre Alina, qui est en vacances à la maison, nous l'aimons beaucoup, c'est une petite fille asturienne. » Sa tante veut toujours faire l'intéressante : elle n'est plus une petite fille, elle est une jeune fille, et elle n'est pas en vacances, elle travaille, elle est à Paris pour trois mois. Elle se dit aussi que ce musée est un peu jeune, et elle espère surtout que son oncle ne la prend pas lui aussi pour un bébé et ne lui a pas conseillé un musée pour enfants.

Elle s'attendait à un musée comme le Prado, avec une entrée majestueuse et un grand vestibule à colonnes. Elle a cru d'abord qu'elle l'avait dépassé, qu'elle s'était perdue. Pourtant, c'est à deux pas de l'école. Elle est arrivée en longeant de beaux immeubles avec des grilles en fer forgé, dont celui où son grand cousin a sa chambre de bonne, qui lui ont rappelé les rues de Madrid ou de Barcelone. Puis les maisons ont été remplacées par de hauts murs de verre, qui laissaient voir un jardin, de l'autre côté.

Des amoureux faisaient des selfies devant une muraille de plantes, une prairie grimpait sur le bâtiment. Paris ressemblera peut-être à cela quand dans deux mille ans, ravagé par vingt crues de la Seine et caramélisé par le réchauffement climatique, il aura été abandonné et que la forêt commencera à pousser partout. Ce doit être drôle d'avoir sa fenêtre entourée de gazon. Qui peut bien vivre là ? Elle aura son premier téléphone, peut-être, à Noël, en rentrant à Gijón. Elle pourra elle aussi faire des selfies.

Au lieu de suivre les flèches qui indiquaient les guichets, elle a pris le temps de s'égarer un peu, parmi les roseaux. Sous le soleil, le long bâtiment rouge et ocre a l'air d'être l'ombre de la tour Eiffel. Il ressemble à un navire voguant dans les buissons. Ce jardin a été laissé en liberté. Alina se demande s'il existait avant les constructions, ou s'il est venu ensuite parce qu'il passe sous cette espèce de grand pont, au-dessus d'elle. Les allées sont des chemins de terre : elle n'est plus dans la ville, elle oublie Paris et Madrid, la tour Eiffel et son école.

Alina vient de Gijón, dans la principauté des Asturies. Elle a appris le français à l'école, elle commence à le parler plutôt bien. Dans sa « classe européenne », il n'y a que des enfants de professeurs, de médecins et d'avocats – sauf le petit Cristóbal, qui est le fils du pompiste de la station d'essence qui se trouve en face du collège, impossible de ne pas l'inscrire. Cristóbal, c'est son amoureux. Les parents d'Alina ont décidé de l'envoyer chez ses cousins, à Paris, pour le premier trimestre de sa troisième. Elle a d'abord eu un peu peur, mais très vite ce changement de monde l'a beaucoup amusée. Elle a découvert le quartier de la tour Eiffel, un salon de thé qui s'appelle Les Deux Abeilles, où les gâteaux sont délicieux, l'appartement de son oncle Juan et de sa tante Augustine qui donne d'un côté sur l'avenue Franco-Russe et de l'autre sur la rue de l'Université. Elle retrouvera Cristóbal en janvier.

Elle a un grand cousin, Arthur, qui vit heureux dans sa chambre de bonne au sommet d'une maison voisine, avenue de La Bourdonnais, et une cousine de son âge, Madeleine, qui a accepté de partager sa chambre pendant trois mois. Madeleine est parisienne : elle fume en cachette, a déjà eu trois ou quatre petits amis, écoute de la musique à fond et passe son temps sur Internet. Ses parents ont dû se dire que la cousine espagnole aurait une bonne influence sur elle.

Leur mère, tante Augustine, est toujours contrariée. Elle n'y est pour rien, c'est ainsi. Ils habitent un « appartement contrarié », comme elle le dit à chaque fois, quand elle le fait découvrir à ses amis. Elle veut dire qu'il s'agit d'un bel immeuble en pierre de taille, construit pour que les pièces de réception donnent sur l'avenue Franco-Russe, minuscule artère portant un nom d'entremets, et les pièces de service de l'autre côté, réputé plus bruyant à l'époque de la construction, parce qu'on imaginait qu'un grand bâtiment officiel s'élèverait en face, entre la Seine et la rue de l'Université. C'est un appartement de famille. Du temps des arrière-grands-parents, le salon était magnifique et sombre, et la cuisine, la buanderie, la salle de bains avaient la plus belle vue qu'on puisse imaginer. Comme tous les habitants de ce bout de rue, les grands-parents avaient eu l'idée – puisque rien ne se construisait en face – de contrarier l'architecture, de couper dans les boiseries et les stucs du salon pour installer le ballon d'eau chaude et de remplacer les petits carreaux des fenêtres des pièces du fond par des baies vitrées.

Quand on avait annoncé, voilà dix ans, qu'on allait enfin construire sur le terrain qui borde la Seine – où il n'y avait eu que des bâtisses provisoires et peu élevées – un nouveau grand musée, tante Augustine, qui avait grandi dans l'appartement contrarié et avait fini par lui trouver du charme, avait été très contrariée. Elle était devenue l'âme de l'association des riverains, très attentive aux projets d'architecture qui allaient être soumis au jury, pour qu'on ne lui cache pas le paysage.

Histoire de contrarier sa femme, l'oncle Juan, le frère du père d'Alina, s'était enthousiasmé pour ce projet d'un musée qui montrerait enfin les arts d'Afrique, d'Océanie, des Amériques... Augustine récriminait, traitait son mari de gauchiste, d'ethnologue, d'esthète, il lui répliquait que c'était un projet parfaitement gaulliste – le père de tante Augustine avait été un des compagnons du Général, toute la famille en tirait une légitime fierté – et il ressortait pour les mettre sur la table basse, dans le salon qui ne se souvenait plus qu'il avait été une cuisine cent ans plus tôt, les volumes de Malraux, avec de grandes photographies de masques africains. Il citait Michel Leiris et Marcel Griaule, elle s'abîmait dans les catalogues de rideaux, de voilages et de passementeries, et répétait à l'envi : « On se cramponne. Ils ne nous feront pas déménager. »

Ils étaient allés voir tous ensemble, en invitant la famille espagnole, la maquette de Jean Nouvel, qui les avait rassurés et qui semblait très belle. Augustine commença alors à se plaindre des touristes qui devaient arriver en masse. L'oncle Juan lui rappelait qu'ils étaient déjà, depuis 1889, à quelques centaines de mètres d'un monument appelé tour Eiffel. Les disputes étaient incessantes, et les parents d'Alina en faisaient des imitations « en français dans le texte » : « Tu n'imagines pas les nuisances que va nous apporter le chantier, ils vont ébranler tout le quartier. » Tante Augustine est architecte, c'est son malheur. Elle ne construit pas souvent, mais elle démolit avec rage :

« Tu sais qu'ils parlent d'installer une paroi moulée en béton, tu as déjà entendu parler d'une paroi moulée, ça coûte très cher...

— Peut-être, mais c'est pour protéger de la crue, toujours possible, ça va nous mettre à l'abri nous aussi, ma chérie.

— Tu parles, la crue, qui tarde un peu d'ailleurs, ça fait plus de cent ans maintenant que la Seine est parfaitement calme, on est au dernier étage, que veux-tu que ça nous fasse, je suis certaine qu'elle va contourner leur paroi moulée, qui empêchera ensuite les eaux de s'évacuer. Je regarderai cela de ma fenêtre avec intérêt. Évidemment, j'imagine que les réserves sont au sous-sol. Et le silo transparent avec les instruments de musique si fragiles, tu l'as vu sur leur maquette, il va se transformer en château d'eau, je vois ça d'ici... Faire une jolie maquette pour berner le client, tu sais, c'est un métier, on a tous appris ça...

— Tu es contrariée de naissance, rien ne trouve grâce à tes yeux. On va avoir des expositions formidables, un jardin…

— Arrête de réciter leur baratin, j'ai l'impression d'être dans une de leurs fameuses “réunions d'information des riverains”. Ils nous prennent pour des imbéciles. »

Alina est impatiente de découvrir tout cela, et c'est sans doute en prévision de ce long séjour à Paris qu'on lui promettait depuis qu'elle était toute petite qu'elle a voulu faire du français sa matière forte. La cousine Madeleine est très amusante, elles sont toutes les deux dans la même classe. Alina se sent encore une petite fille en comparaison d'elle. Certains soirs, elle regrette la vie de Gijón, les bons dîners en famille et les amis de sa classe à qui elle envoie des messages tous les jours pour raconter ses découvertes. Elle pense à Cristóbal. Elle aimerait qu'il puisse venir pour les vacances.

Depuis le mois de septembre, elle s'applique, dans son petit collège, à deux pas de la tour Eiffel, pour être dans les meilleurs. Cette semaine, le professeur d'histoire lui a donné un exposé à préparer sur Christophe Colomb. Il a dû se dire : une jeune Espagnole, c'est parfait pour raconter les caravelles, l'amiral de la mer océane, l'épopée de 1492. Il lui a prêté des documents, dont une brochure qu'il a dû acheter pendant ses vacances : le musée en plein air de Palos de la Frontera, en Andalousie, un musée sur l'eau où sont reconstituées la *Santa María*, la *Pinta* et la *Niña*, comme si elles étaient prêtes à partir pour le Nouveau Monde.

Alina connaît Palos, elle a de la famille là-bas du côté de sa mère, mais elle n'a jamais visité les navires ; son père dit que c'est une attraction pour les touristes. Le professeur, qui semblait avoir beaucoup apprécié son séjour, lui a expliqué comment les trois frères Pinzón, amis de Colomb, du moins au départ, venaient de cette minuscule ville de Palos et avaient armé les bateaux, et comment à Moguer, la bourgade voisine, ils avaient recruté des marins. Il a employé une expression qu'Alina a notée dans son carnet, pour demander à tante Augustine de la lui traduire : « des gens de sac et de corde ».

Son professeur d'histoire lui a récité un poème écrit par un noble espagnol qui vivait à Paris au XIXe siècle, José Maria de Heredia, « Les Conquérants », en lui disant que c'était un classique en France, « dans les bonnes écoles » : « Fatigués de porter leurs misères hautaines, de Palos de Moguer, routiers et capitaines… »

Mais Alina a d'autres idées. Son père, qui enseigne le droit à l'université, et qui s'intéresse à tout, lui a toujours parlé de l'époque des navigateurs avec beaucoup de nuances et de circonspection. Elle n'est qu'en troisième, mais elle a bien compris que, pour les Français, les Espagnols sont tous un peu « fatigués de porter leurs misères hautaines ». À la maison, on lui a raconté la véritable histoire de la Conquête. Colomb, elle le connaît depuis toujours : un menteur, qui a prétendu qu'il avait été le premier à apercevoir la terre pour toucher la prime, et qui avait ramené des « indigènes » avec lui comme s'ils étaient des perroquets. Elle ne l'aime pas du tout. Son oncle Juan, pour le plaisir de contrarier à nouveau sa tante, lui a dit qu'elle trouverait dans le fameux musée tous les éléments nécessaires pour préparer un exposé qui allait étonner la classe, et d'abord son professeur. Elle a accepté pour une raison évidente, qu'elle n'a dite qu'à sa cousine : elle va pouvoir écrire « Cristóbal » au moins trente fois dans son cahier.

Son oncle lui a dit qu'il faut qu'elle regarde bien, du côté de la Seine, il y a de petites boîtes, qui renferment des collections venues de tous les peuples du monde. Mais la Seine ne ressemble plus à la Seine, elle imagine un fleuve d'Afrique ou d'Amérique, elle se perd un peu, même si elle a repéré le côté où se trouve l'entrée, dans laquelle les premiers groupes se sont engouffrés. Ce jardin lui plaît, et ce musée sans grande porte, sans fenêtres, sans balcons, elle rêve que c'est une immense falaise, quelque part en Afrique, ou les ruines d'un palais en Amérique, au Mexique, avec de hautes terrasses.

Ce qu'elle doit chercher ce sont les Taïnos, mais son oncle n'a pas su lui dire s'ils avaient leur boîte à eux. Elle veut tout connaître de ce petit peuple, les premiers hommes d'Amérique découverts, et qui étaient bien tranquilles avant Christophe Colomb et les « routiers » de Palos.

Il fait beau. Elle s'est assise, seule, sur des gradins en plein air, qui forment comme un théâtre, devant un mur de verre. Colomb, c'est un homme qui a eu de la chance. Si ça n'avait pas été lui qui avait découvert le nouveau continent, cela aurait été n'importe qui d'autre. Elle a envie de surprendre toute la classe et de faire son exposé à l'envers, de « contrarier » le sujet qu'on lui a donné : elle va leur parler des Indiens, elle va décrire ceux que Colomb a trouvés sans comprendre qui ils étaient. Elle va montrer ce qu'était leur culture, raconter la vie de leur peuple. Son oncle lui a dit qu'il y avait même une bibliothèque ouverte à tous, y compris aux élèves de troisième. Elle a noté le nom, qu'elle trouve étrange, dans son carnet : « Salon de lecture Jacques Kerchache ». Oncle Juan lui a parlé aussi d'un fauteuil en bois sculpté, qui aurait été celui de l'amiral Colomb, un chef-d'œuvre de l'art taïno. Il n'est plus très sûr de l'avoir vu là, mais il existe.

À cet instant, alors qu'elle allait se lever pour prendre place dans la file d'attente, l'immense vitre qui se trouvait en face d'elle est devenue transparente. De l'autre côté, une grande salle vide, avec des gradins, qu'elle n'avait pas soupçonnée, s'est allumée. Des danseurs et des danseuses sont entrés, portant des marionnettes au bout de longues perches. Ils ont commencé à s'incliner, à se croiser, à faire des figures géométriques. Cela a attiré quelques promeneurs, qui se sont assis à côté d'Alina. Puis un groupe d'enfants est venu, avec une dame plus âgée qui a dit : « Ils répètent le spectacle de ce soir, venez tous, on n'a pas la musique, mais on les voit. » Du coup, l'entrée s'est trouvée dégagée, Alina s'est faufilée, elle n'a pas de temps à perdre avec des marionnettes, même très bien faites. Elle est venue pour faire une vraie recherche, elle.

Elle trouvera sûrement au musée des gens pour la renseigner un peu mieux. Sur son carnet, elle a écrit un mot en grand, comme un talisman : Taïno.

L'ÉTUDIANTE ACADIENNE ET LE VIEUX PHOTOGRAPHE

« Taïno ! Tu sais que ça a été le mot magique, tout est parti de là. Aide-moi à régler la lumière, je crois qu'il faut qu'on refasse la photo précédente, on est à la limite du flou.

— Taïno ?

— C'était en 1994. On ne t'a pas raconté ça à l'université de Montréal ?

— Tu sais, Eudes, quand ce musée a été inauguré, j'avais quatorze ans. Ce qui s'est passé avant, c'est du paléolithique...

— Tous les musées du monde en 1992 avaient voulu célébrer l'anniversaire de la découverte de l'Amérique. La France, Paris en particulier, n'avait rien fait. Le maire, Jacques Chirac, a eu une idée : il a ouvert le Petit Palais à la première exposition consacrée au peuple des Antilles qui a été balayé par la Conquête. Quatre-vingts objets, pas plus, qui souvent étaient oubliés dans les grandes collections parce que ce sont des pièces parfois minuscules, mais rarissimes. Bien mises en scène, elles étaient comme des apparitions magiques. Les Taïnos étaient des artistes, ils entraient aussi en communication avec les puissances de la terre. Ça a été un succès incroyable. Chirac est devenu sympathique, on voyait sa marionnette à la télévision, en pyjama, qui lisait à sa femme, dans leur lit, le catalogue des Taïnos. Trois ans plus tard il était élu président de la République...

— On le connaît bien, chez nous, dans ma belle province d'Acadie, Jacques Chirac ! Tu ne vas pas me faire croire que c'est parce qu'il y a eu une exposition Taïno...

— Qui sait ? Ne mésestime pas les pouvoirs des sculptures. Ce qui est sûr c'est que, s'il n'était pas devenu Président, ce musée n'existerait pas...

— Là je connais la suite, l'installation des œuvres d'Afrique, d'Asie, d'Océanie et des Amériques au Louvre, de grandes salles blanches et lumineuses dans ce qui s'appelle le pavillon des Sessions et que les conservateurs, qui n'en voulaient pas, avaient rebaptisé le "pavillon des concessions". Puis le chantier du nouveau musée, l'inauguration...

— Tu crois que ça va marcher cette expo "Voyages de l'autre côté" ? La conservatrice commissaire, Dominique, est un gage de qualité, mais je n'ai pas bien compris de quoi ça parle...

— Substances hallucinogènes et illicites chez les peuples du monde entier, ma petite Laure, des champignons magiques aux tisanes des chamans, je te prédis le succès ! »

Dans les sous-sols, une grande pièce nue, avec des lampes, une table et des parasols blancs, est réservée aux prises de vue. Pour entrer là, il faut d'abord avoir le bon badge, sans quoi l'ascenseur vous éjecte au rez-de-chaussée, puis franchir un guichet où deux agents surveillent tout en permanence. Laure sourit, pour le plaisir, à la caméra qui se trouve au-dessus de la porte, braquée sur l'entrée des réserves.

Pour aller chercher les œuvres à photographier, il faut utiliser le système de reconnaissance des empreintes digitales qui déverrouille une des grandes salles carrées constituant les réserves. Côté Seine, le mur est impressionnant : c'est la paroi en béton qui protège le bâtiment d'une éventuelle crue et qui résisterait à tout. En bas du mur court un fil bleu, le détecteur d'humidité. La dernière crue, c'était en

1910... Laure aime bien cette atmosphère de centrale nucléaire.

Elle est contente aussi d'avoir le temps d'écouter Eudes Leblanc, le vieux photographe. Il travaille pour le musée depuis le début, il n'imagine pas de pouvoir un jour prendre sa retraite et personne au musée ne songe à faire appel à quelqu'un d'autre que lui. Quand bien même Laure, à la bibliothèque de l'université, à Ottawa, voyait mentionné, dans les légendes des illustrations : « cliché : droits réservés – Eudes Leblanc », elle n'avait jamais pensé que c'était un homme qui existait vraiment, ni que ce grand dadais à cheveux gris et fines lunettes la prendrait en affection.

Rien n'est plus répétitif que la « numérisation des collections », tâche essentielle dans un musée. En dix ans, on pouvait imaginer que tout avait été photographié, des images ayant été mises en ligne par milliers. C'est ce qu'elle croyait. Elle oubliait les nouvelles vagues d'acquisitions, les photos qui servent aux constats d'état des œuvres prêtées à des expositions, l'immense collection de livres anciens, de catalogues de ventes annotés, qui sont des documents uniques, les séries de photographies produites depuis plus d'un siècle par les voyageurs et les ethnologues en mission.

Laure, afin de financer ses études – elle est en thèse d'ethnomusicologie, avec une spécialisation africaine –, travaille quai Branly depuis deux mois. Une routine qui ne lui déplaît pas. L'avantage, c'est qu'elle peut accéder comme elle veut au « silo » : ce tube de verre qui protège les instruments de musique, et que les visiteurs regardent, dans la pénombre, quand ils entrent au musée. Tous les matins, elle y travaille, avec les conseils de la conservatrice de cette collection, ensuite elle avale un sandwich au Café Branly, et, l'après-midi, elle retrouve « son » photographe. Elle suit l'inventaire numéro par numéro. Il fait des images, elle s'occupe ensuite de les indexer avant que le service informatique ne les mette en ligne. C'est du tricot.

Eudes sait absolument tout du petit monde des « arts premiers ». Il n'emploie d'ailleurs jamais cette expression que les journalistes affectionnent dès qu'il s'agit du musée. La plupart des pièces qu'il prend en photo datent du XIXe et du XXe siècle et ne sont « premières » que parce que le sentimentalisme bête des Européens les voit comme ça. Eudes parle d'art africain, d'art océanien, d'art des Philippines ou de la Jamaïque, et, quand il veut donner un peu d'emphase à ses récits, il dit : « Ces arts lointains, selon l'heureuse formule du critique Félix Fénéon... » Eudes était là quand le président de la République, ici, dans ce musée qu'il a souhaité, a employé ces mots en complétant avec élégance : « Ces arts lointains qui nous sont désormais devenus si proches... »

« Ça je peux te dire que j'en ai été proche ! Toutes les œuvres du musée je les ai eues entre les mains. Certaines avant même qu'elles n'entrent dans les collections. Il n'y a que du vrai, ici. C'est pas le cas partout. Quand j'ai commencé, j'étais le seul, je n'y connaissais pas grand-chose, mais ça me plaisait. J'ai fait des photos pour les plus grands collectionneurs, à Genève, à Londres, à New York, au moment de l'ouverture des nouvelles salles du Metropolitan, en 1982...

— Ça ne t'a pas empêché de travailler pour les grandes maisons de ventes ?

— J'ai fait leurs plus beaux catalogues !

— Au fond, tu es comme un photographe de gâteaux, tu sais, pour les magazines gastronomiques, il faut savoir éclairer, trouver ce qui va faire saliver...

— Un peu de respect ! J'ai le droit de te dire que j'adore ton accent québécois ?

— Tu connais les "suggestions de présentation", tu sais, celles qu'on met en photo sur les surgelés ?

— Tu n'arriveras pas à me fâcher. Si je racontais tout ce que je sais, tout ce que j'ai vu, telle statuette que j'ai photographiée trois fois, d'abord en bois nu un peu triste, comme si elle venait d'être sculptée, une seconde fois avec le bois ciré, bien brillant, une troisième fois recouverte d'une épaisse patine sacrificielle d'apparence très ancienne, la preuve qu'elle avait bien été utilisée en Afrique dans une cérémonie cultuelle et culturelle, tu parles, c'est le prix de vente qui avait été multiplié, par trente ! Pas de ça ici. Mais bon, aujourd'hui, on n'a pas de chance, faut bien faire son métier, pas bien folichonnes ces photos...

— Moi je les trouve belles, ça me donne envie d'aller à la plage. »

Laure a dit cela pour encourager le photographe à en faire encore une série de dix, mais elle ne le pense pas vraiment. Si au moins ce travail de tricoteuse concernait des collections d'objets venus d'Alaska ou du Groenland, ses terres à elle. Mais le hasard du chantier de numérisation fait qu'elle est tombée au beau milieu des séries de photos de la collection du prince Roland Bonaparte, des dizaines de plages corses en noir et blanc.

Roland était le descendant direct du plus intelligent des frères de Napoléon, Lucien, celui qui aimait les artistes et les jolies femmes, qui a fini brouillé avec l'Empereur. Le prince Roland, qui portait une moustache de grognard, avait épousé en 1880 la fille du fondateur du casino de Monte-Carlo et il avait toute sa vie disposé d'une immense fortune. Grand savant, voyageur, botaniste, spéléologue, pionnier de l'aviation, il s'était passionné pour l'ethnologie avant tout le monde, et une partie de sa vaste bibliothèque avait été donnée, après sa mort, au musée de l'Homme. Des livres, des documents, des manuscrits, des photographies qui avaient été installés quai Branly, avec tout le reste de la documentation ethnologique de l'ancien musée de la colline de Chaillot. On y trouvait des photos qui concernaient la Nouvelle-Guinée, l'île Maurice ou le Surinam, et aussi des séries prises en Corse, ce qui est bien le moins pour un Bonaparte. Pas question de les dissocier du fonds ni de leur réserver un sort particulier : ces portefeuilles d'images qui n'avaient pas vraiment été ouverts depuis la mort du prince aventurier en 1924 devaient être photographiés page par page. Quand il n'y avait plus de photos à faire en prévision de telle exposition Sepik ou Dogon, Eudes reprenait avec constance la numérisation au long cours des milliers de clichés Bonaparte. Au temps du prince Roland, l'ethnographie était une sorte de sport élégant, qui réunissait quelques passionnés du monde entier – et cela dura jusqu'assez tard dans le

XXe siècle. Le musée avait ainsi organisé une exposition sur les trésors rapportés des mers du Sud par le bateau *La Korrigane*, armé par de riches aristocrates cultivés, lassés de la vie oisive, décidés à sauver une partie du patrimoine de l'humanité. Puis l'ethnologie était devenue une science, confiée à des pontes du CNRS, institution qu'Eudes n'appelait jamais autrement que « Centre national repos et santé ». Jules Ferry l'avait depuis longtemps emporté sur Jules Verne.

« Ce que j'aime chez toi, dit Eudes, c'est que tu n'as pas décidé d'étudier les Inuits ou les masques de Kodiak. Une Canadienne spécialiste de l'Afrique, ça va dans le bon sens. Dans la peinture ancienne, tu vois, il y a bien longtemps que les spécialistes des primitifs siennois du XVe siècle ne sont pas tous nés en Toscane. On n'est pas encore tout à fait arrivé au moment où il y aura des Béninois spécialistes de textiles khmers ou des Mexicains soutenant des thèses sur l'esthétique du fleuve Amour, mais, tu vois, il y a vingt ans, je me souviens de l'époque où on désespérait de trouver un Béninois pour étudier les bronzes du palais d'Abomey.

— Quand on aura un descendant du dernier empereur inca qui s'intéressera à mes masques d'Alaska ou aux artistes aborigènes d'aujourd'hui, c'est que cette planète sera devenue adulte.

— Tu parles d'or. Tu ne les aimes pas toi, les masques de Kodiak ?

— Je suis folle de ceux qui ont été rapportés par Alphonse Pinart : ils sont beaux, étranges, drôles, magiques ! Pinart c'était mon dieu quand j'étais au lycée. J'avais sa photo, celle où il est avec son kayak, dans ma chambrette ! Quelle moustache lui aussi ! Il devait être tellement musclé après avoir ramé comme ça pendant des jours. Il a fait la traversée en solitaire d'Unalaska à Kodiak.

— Lui aussi, il venait, comme le prince Bonaparte, d'une famille très riche, des maîtres de forges du Nord.

— Il a tout compris, tout observé, il a légué ce qu'il avait collecté au vieux musée d'ethnographie du Trocadéro et à Boulogne-sur-Mer. J'y suis allée, tu sais, Eudes ? Il a tout vu : les Antilles, Tahiti, l'île de Pâques, le Mexique, il a découvert le crâne de cristal...

— Là, je t'arrête. C'était un faux. Probable travail d'une cristallerie allemande du XIXe siècle. On a identifié au microscope les traces des meules qui ont servi au polissage, expertise scientifique formelle.

— Mais c'est beau, non ? ça fait rêver. Pinart est mort dans la misère, sa veuve a fini ses jours comme simple ouvrière. Je crois que je serais tombée en amour si je l'avais connu moi, cet homme-là !

— Tu aurais été prête à t'appeler madame Pinart ?

— Mais tout le monde m'appelait comme ça, tu sais, à l'école ! Je l'admirais ! Il est mort en 1911. Je connaissais chacun de ses voyages. Mais bon, si j'avais su que j'aurais pu rêver de devenir une princesse Bonaparte... »

Parmi les photographies, collée contre la page suivante de l'album – ils en étaient à « plage du Liamone », une immense étendue de sable avec de temps à autre quelques rochers –, une grande enveloppe, marquée du timbre sec de l'aigle impériale en léger relief, attira leur attention. Laure l'ouvrit, s'attendant à trouver un négatif sur papier salé.

Un petit cahier d'apparence très ancienne apparut. Elle déplia avec soin une dizaine de pages d'une écriture brune, sur un parchemin durci, qui n'avait rien à voir avec les clichés des plages. Dans la même enveloppe se trouvaient quatre pages recto verso, à l'encre violette, sur un papier très fin : une graphie du XIXe siècle.

« Tu crois, Eudes, que je devrais mettre les gants blancs ?

— Les gants de Mickey ? On a ça dans un coin. Ils ne servent que quand on a un tournage pour la télé. Ça m'a l'air très vieux, ça, Moyen Âge ou Renaissance, ça n'a rien à faire chez nous.

— Regarde, c'est sans doute la transcription du document. C'est de l'espagnol. Tu le parles ?

— Non, toi non plus ? On n'a même pas besoin de déranger le conservateur spécialiste des mondes hispaniques, on va bien trouver quelqu'un qui parle espagnol parmi les étudiants qui viennent tous les matins à la médiathèque, qui nous dira ce que ça fait là. Il était étrange ce Roland Bonaparte. Tu sais qu'il s'était fait construire un palais, à Paris, avec vue imprenable sur la tour Eiffel et une bibliothèque colossale.

— Je sais, c'est devenu l'hôtel Shangri-La. Tu m'invites au bar ?

— Tu es arrivée depuis combien de temps à Paris, déjà ? Tu connais le bar du Shangri-La ? L'ombre de Roland Bonaparte ne nous en voudra pas, on boira à sa mémoire ! Il est le père de Marie Bonaparte, la psychanalyste géniale qui a sauvé Sigmund Freud…

— C’est pour ça qu’on entend des gens qui posent toujours des questions si profondes au bar. Tu aimes la déco ?

— Le faux Empire, il n’y a rien de pire. Laisse les albums ouverts, et le petit cahier du Moyen Âge. Il va falloir qu’on le montre à la conservatrice, à mon avis elle va le classer sous une cote différente. Elle va s’arracher les cheveux pour comprendre ce que cela faisait là. Nous venons d’enrichir les collections du musée, un numéro de plus sur le registre d’inventaire, ça se fête !

— Tu crois ? On n’a pas tout à fait fini…

— On a droit à une pause. On y va à pied, on traverse les jardins du Trocadéro, on sera de retour au travail vers dix-neuf heures, au moment où ce sera le moment de partir. Je n’en peux plus des plages corses. Laisse tout sur la table. On reprendra demain, on retrouvera tout en l’état, ne t’en fais pas. Bloody Mary ou Manhattan ?

— Je vois que tu n’y connais rien, campagnard. Le barman du Shangri-La invente des cocktails qui n’ont pas encore de noms, sa dernière folie ce sont les fruits et les légumes, des produits très simples, venus de petits producteurs… »

OÙ ALINA ENTREPREND DE FAIRE LE TOUR DU MONDE À L'ENVERS

La jeune Alina s'est arrachée à sa contemplation. Elle est entrée dans le navire. D'instinct, dans le vaste espace où déambulent les groupes, elle est allée vers la pierre sculptée, la tête de l'île de Pâques, elle ne savait pas qu'on pouvait en voir à Paris. Elle connaît toute l'histoire de Rapa Nui et les mystères des moai, elle a vu un reportage passionnant. Mais « en vrai », cela donne des frissons. Elle se sent toute petite. Elle ne sait rien au sujet de l'immense mât, qui est à côté et qui monte jusqu'au toit. Il est écrit : « Mât héraldique, dit "mât Kaiget", sculpté par Samali et Tsiebassa, Canada, Colombie-Britannique, région de la Skeena, village de Hagwilget, vers 1860. » Il lui faudrait un atlas. Elle note. Elle n'avait jamais pensé qu'on pouvait connaître les noms des sculpteurs. Après tout c'est normal, ce sont des artistes. Elle lève les yeux.

Elle marche sur les mots. Une rivière de lettres s'écoule, fluide, tandis qu'elle monte en suivant le chemin blanc, curieuse entrée pour un musée. On dirait les petits alphabets de vermicelle des soupes de tante Augustine. Elle note le nom de celui qui a fait cela, en 2010, pour pouvoir l'écrire, la prochaine fois, sur le bord de son assiette : Charles Sandison. Le panneau explicatif dit qu'il a créé une rivière de 16 597 termes choisis par ses soins dans toutes les langues. Comment peut-on trouver autant de mots qu'on ne comprend pas ? Elle en griffonne quelques-uns au passage, en avançant : *djambala*, *pucala*, *cantabrien* – une variante de cantabrique, comme la côte chez elle, à Gijón ? –, *khaymah*, *xuyen*, *gourmantché*, *encaustique*, *océan* – le seul mot qu'elle connaît. Les autres ce sont des peuples, des tribus, des cultures, un monde qu'elle ne connaît pas. Encaustique ? C'est en Afrique ? en Inde ? Elle oublie tout. Peu à peu, en se plongeant avec délice dans ces mots inconnus, elle ne sait plus qui elle est, d'où elle vient, elle se souvient juste qu'elle est là pour trouver les Taïnos. Une dame, qui a le genre des mères de famille de l'école, à côté d'elle, dit à une amie, sur un ton d'exaltation : « Tu vois, c'est pour nous laver de notre Occident avant d'entrer dans le musée. On se laisse emporter. »

Alina est troublée. Le grand roi du plateau de Bandiagara qui l'accueille le bras levé a deux seins en pointe. Les explications qui disent qu'il s'agit d'un chef-d'œuvre de l'art africain ne lui suffisent pas. Elle hésite à demander à un jeune homme qui surveille et, un peu gênée, se contente de se laisser porter, comme les deux dames, vers la carte du « plateau des collections ». Elle se trouve devant une étrange carte géographique, où les continents seraient déformés et allongés.

Elle s'oriente, regarde à deux fois, repère les Amériques et n'hésite pas, elle suit un petit groupe qui s'engouffre à droite. Ce qu'elle voit en premier, ce sont de hauts poteaux sculptés, qui se détachent en pleine lumière, sur les couleurs de terre et le sol rouge vif. Elle lit : « Mélanésie, Papouasie-Nouvelle-Guinée ». Elle est déjà perdue. Mais les mots agissent sur elle, comme une poésie : « Les poteaux Mbitoro des Kamoro symbolisent la présence des ancêtres. » Elle s'attendait à des vitrines, comme dans tous les musées qu'elle connaissait, ces petits aquariums où les grandes personnes posent les objets précieux. Elle circulait entre des parois de verre, ne sachant plus si elle était à l'extérieur ou à l'intérieur, si elle était passée derrière et si elle ne faisait pas partie des œuvres les plus rares de ce musée.

Un instant, elle a cru qu'elle entrait dans une grotte, une caverne avec des bijoux d'or, l'instant d'après elle plongeait dans un corridor de lumière avec de hautes statues qui avaient l'air d'avoir été plantées là, en liberté. Au-dessus d'elle, dans l'ombre, elle croit les voir entre les découpes des arbres. Plus loin, à travers de grands losanges, c'est Paris et sa lumière du matin qui arrive assourdie.

« Si vous voulez les Amériques, vous êtes dans le mauvais sens. Soit vous revenez sur vos pas, soit vous continuez et vous trouverez les peuples des Antilles à la fin du parcours. »

L'étudiant a été très gentil avec elle. Elle s'est trompée de sens. Pas question de rebrousser chemin. Ce musée lui plaît, il ne ressemble à rien de ce qu'elle a vu jusque-là, elle a du temps, elle est seule, personne pour lui expliquer, pas d'oncle et tante, pas de parents, pas de professeurs, pas de guide ni de casque sur les oreilles. Elle ne pouvait pas rêver mieux.

Elle va lentement marcher seule, au milieu des peuples de la terre, en lisant de temps à autre des explications, souvent en se contentant de regarder. Elle aime beaucoup, par exemple, cette statue aux gros yeux du Vanuatu, encore une figure d'ancêtre. Un « homme de haut grade », l'expression lui plaît. Une figure d'homme, qui ressemble à un robot, est dite « sculpture à planter sur les allées » et vient de la Grande-Terre. Elle hésite à demander à une des surveillantes où cela peut bien se trouver, la Grande-Terre. Apparaît alors une table lumineuse, comme dans un vaisseau spatial, elle regarde la surface du globe qui brille de cent petits points verts et, au lieu de s'orienter, elle se perd encore plus.

Voici des couronnes d'or, dans le noir, elles viennent des fêtes de l'île de Nias. Alina découvre ces formes pures, cette île dont elle n'avait jamais entendu le nom, elle rêve comme si elle était encore une petite fille devant ces bijoux inattendus. En Indonésie, on a sculpté ces pierres avec des découpes profondes, comme des proues à l'avant des bateaux. Elle s'arrête, stupéfaite, devant un grand tambour de bronze. Il vient de Java. Elle n'arrive pas à croire à la date : IVe siècle avant Jésus-Christ. Et elle aime qu'on lui parle de cette sculpture à la couleur si belle, avec ses quatre animaux étranges tout autour : « Les Karen du Myanmar les considèrent comme instruments d'appel de la pluie. Les Katou du Laos sortent les tambours, possession du village, lors des grands rituels où de nombreux buffles sont sacrifiés. » Son carnet ne va pas suffire, pour toutes ces phrases et tous ces mots, qu'elle se promet de chercher, de retour à la maison. Il faudra qu'elle revienne ici avec Cristóbal, s'il arrive à venir avant Noël.

Alors, elle dessine, pour lui donner une idée, le tambour, les animaux : elle est la première de la classe en dessin. Il faudra qu'elle revienne dans ce musée, avec du bon papier et ses crayons. C'est à côté, comment se fait-il que son oncle et sa tante aient attendu si longtemps pour lui en parler ? C'est bien plus intéressant que la tour Eiffel. Elle se demande si tante Augustine, qui critique tout, est vraiment venue ici.

LA CHAMBRE DES ÉCORCES

Alina entre dans « la chambre des écorces », une de ces « boîtes » dont son oncle lui a parlé. Ces bois d'eucalyptus viennent de la Terre d'Arnhem orientale. Elle en aime les dessins, elle suit les lignes blanches, les petits points, comme sur des cartes qui formeraient une géographie qui n'existe pas, avec des villes disparues et des routes qui mènent vers d'autres routes.

Dans cette chambre des écorces, elle se sent bien. Elle a trouvé un cocon, elle imagine des arbres qui l'entourent. Elle rêve d'installer son lit au milieu. Elle ne sait plus où elle se trouve. Elle a regardé sur la petite carte où est la Terre d'Arnhem. Elle a noté le nom de Karel Kupka, l'homme qui a rapporté en Europe toutes ces écorces, dont elle aimerait se faire une cabane, un abri. Elle se demande si elle serait capable de peindre comme cela : avec ces traits blancs qui sont peut-être des serpents, peut-être des fleuves, peut-être des rivages ou une forêt. Elle décorera sa chambre à Gijón avec des écorces peintes, ou ce genre de dessins, sur du papier kraft, pour se sentir chez elle.

Sa chambre est si loin. Mais ici, dans cette chambre des écorces, pour la première fois, elle a l'impression de l'avoir retrouvée. Qui sont les artistes qui ont réussi toutes ces figures qui ne représentent rien ? Savaient-ils qu'ils finiraient un jour dans un musée à Paris ? Quand Alina sera grande, elle ira en Australie, elle étonnera tous ceux qui vivent là en leur disant qu'elle a peint une chambre entière, dans les Asturies, avec leurs couleurs, leurs formes, leurs traits. Elle pourrait proposer à son cousin Arthur de décorer pour commencer, pour voir ce que ça donne, les murs de sa chambre de bonne de l'avenue de La Bourdonnais. Accepterait-il ? Lui, il aime surtout l'Afrique.

Et si, dans une autre vie, se demande Alina, elle avait vécu là-bas, dans un village de cette Terre d'Arnhem ? L'Afrique ou la Papouasie-Nouvelle-Guinée lui ont fait un peu peur, elle n'a pas osé se l'avouer, mais elle a regardé les vitrines en tremblant. C'était bien. Elle tremblait, mais elle restait. Elle n'allait pas partir en courant devant les visiteurs, elle aurait eu l'air ridicule, à treize ans. C'était un peu comme voir un film violent interdit aux enfants, en se disant qu'elle ne risque rien. Mais dans cette chambre des écorces, un curieux phénomène s'est produit : elle a cessé de se dire qu'elle était loin de son Espagne, que sa famille lui manquait, et que sa tante était toujours contrariée ; elle a trouvé un pays où elle se sent chez elle et qu'elle est prête à aimer, un pays immense et inattendu, dont personne ne lui avait parlé, sa terre secrète, pour plus tard.

Elle a dû prendre encore une fois un chemin de traverse, tourner autour du tambour et partir dans une autre direction : elle se retrouve en Sibérie. Cette veste de chasseur, de la population Evenk, lui plaît beaucoup. Elle entre dans une autre boîte : c'est l'Iran, avec une fenêtre en carreaux de céramique magnifiquement décorée, l'architecte a fait en sorte qu'on puisse voir le paysage de Paris, pour qu'on ne sache plus à quelle époque, ni sur quel continent on se trouve. Tous les visiteurs n'entrent pas dans les boîtes, certains hésitent, d'autres y restent pour faire des photos, pour regarder de plus près. Alina rêve devant ce palanquin de dromadaire, venu des « steppes de la Palmyrène », elle pense à la Syrie, aux images de Palmyre qu'elle a vues à la télévision.

Pour entrer en Afrique, elle choisit de s'attarder devant un grand mannequin en feuilles de palmier qu'elle n'aurait pas osé regarder si elle n'avait pas été toute seule. Il représente Gurgeycha, le « personnage principal de la fête d'Achoura », à Tabelbala, dans le Sahara algérien. Elle rit toute seule : « Poussant des cris de bouc en rut, il poursuivait les femmes du village pour leur donner des coups de baguette » – ensuite, ceux qui ont rédigé le commentaire font une comparaison avec la fête des lupercales, à Rome, dont la professeur de latin leur a parlé sans donner trop de détails, mais tout se trouve sur Internet. Un peu plus loin, c'est une tunique de mariage de Tunisie qui attire son regard, avec ses broderies de soie et ses paillettes. Les couleurs surtout lui plaisent. Elle aimerait bien se marier dans cette tenue.

Elle a presque oublié les Taïnos et le voyage vers l'Amérique. Elle aussi, partie pour découvrir ce qu'elle ne trouvait toujours pas, découvre ce qu'elle n'était pas partie chercher. Elle va vers le Mali, et s'attarde devant un long serpent sculpté, dont le nom la fait réfléchir : mère des masques. Pour commémorer les funérailles du premier ancêtre, les Dogon jouent une sorte de pièce, qui permet de revivre la révélation de la parole faite aux hommes pour qu'ils puissent raconter des histoires. C'est la cérémonie du Sigui, avec le son du rhombe et ce serpent peint en noir, blanc et rouge. Comment est-il arrivé là ? Une petite ligne sur le cartel indique : « Mission Dakar-Djibouti, collecté le 23 novembre 1931. » Elle aimerait en savoir plus sur ces aventures, ces expéditions dans le désert, ces voyages en mer, qui ont apporté à Paris tous ces trésors. Qui était ce général Dodds, qui a donné le trône du roi Ghézo, une vraie sculpture qui mélange le style du Ghana et les décors du Portugal ? Tout est expliqué : la cour de Portugal s'était exilée au Brésil, et on avait formé là-bas des artistes, qui ont influencé des artisans, parmi lesquels des esclaves africains affranchis qui s'en sont retournés, Dieu sait comment, dans leur pays d'origine, et ont continué à travailler le bois en mélangeant les traditions du pays et ce qu'ils avaient appris. Chaque objet est là pour raconter son histoire. Il y en a trop pour elle. Elle marche maintenant sans réfléchir, parmi les têtes de bronze du royaume du Bénin, des ancêtres qu'elle aurait rêvé d'avoir, avec leurs casques, leurs colliers, leurs larges bouches. Les esprits protecteurs du bassin du Congo font un peu trembler, elle passe vite – mais elle s'arrête pour dessiner devant cette statuette de reine Bamiléké du Cameroun qui penche la tête.

Elle entre dans une boîte qui ressemble à une église : le Christ, la Vierge, les saints du catéchisme, elle ne s'attendait pas à les trouver parmi toutes ces figures d'ancêtres divins, puissances des fleuves et des déserts. C'est qu'elle est en Éthiopie, où il y a des chrétiens – il faudra qu'elle dise cela à sa tante, pour l'attirer au musée. Comme hypnotisée, Alina arrive devant un masque de très grande taille, avec des mains qui ont l'air de parler, coiffé de quatre grandes plumes : c'est l'entrée dans l'Arctique, elle sent qu'elle se rapproche des Amériques, mais qu'elle va y arriver par le détroit de Béring, plutôt que par la route des caravelles. Le détroit de Béring, depuis le temps qu'on leur en parle à l'école. Les masques en bois d'Ammassalik, au Groenland, sont comiques, ils font des grimaces, c'est sans doute à cause du froid. Il y en a un qui représenterait un explorateur polaire danois nommé Ejnar Mikkelsen. Quelques mètres plus loin, elle se retrouve en plein carnaval, avec des costumes rouge et jaune, couverts de plumes et de franges d'or : c'est une fête dans la ville minière d'Oruro, dans les Andes. En rouge, c'est Lucifer, et à côté sa femme, Naupa Diablo. Il la bat sûrement. L'Amérique, ce sont aussi les Indiens des plaines et les peaux peintes avec la danse des bisons. Elle regarde bien, c'est la chasse après la danse, et il y a même un homme qui tient un fusil. Quand elle racontera cela à son cousin, il sera ravi. Il n'y a plus de boîtes, elle est passée du côté de l'autre façade, mais il lui faut un peu de temps pour s'en rendre compte. Le musée donne le tournis. Elle voit, sur un panneau, en lettres bleues : Amériques.

Christophe Colomb y est cité, et elle sent tout de suite qu'elle est au bon endroit. Son oncle ne s'y est pas trompé : « Les conquêtes amorcées par Christophe Colomb bouleversent cet univers. De nombreuses sociétés sont anéanties, d'autres résistent, se replient ou intègrent des éléments culturels issus des autres continents. »

Enfin, les voici, les Taïnos. C'est du moins ce qui est écrit sur la paroi de verre. Sauf que la haute vitrine est vide. Elle attendait des sculptures, des objets, des vestiges. Il n'y a plus rien.

DU DANGER DES NOUVEAUX COCKTAILS ET DU HAKA

« Disparu, tu es certaine ? On ne l'avait pas rangé sur l'étagère avant de partir ? »

Eudes ne s'affole pas. Ils sont rentrés à l'heure dite, après une consommation raisonnable de cocktails et les idées encore assez claires. Il était indispensable de goûter le mélange de la vodka et de la betterave, avec un peu de gingembre et de framboise, ou le potimarron mêlé à l'eau-de-vie de noisette et au sirop de cannelle, deux des créations de la nouvelle collection. L'ethnologie, c'est tester les traditions locales, observer leurs mutations, mesurer la part d'héritage et d'innovation, avec un zeste de fantaisie. Ils ont surtout beaucoup ri. Laure a rappelé cette vieille plaisanterie au sujet des explorateurs, dans ce monde où il ne reste plus grand-chose à explorer, qui choisissent des objets d'étude qui leur permettent de ne pas trop perdre de vue le mode de vie occidental : « Encore un qui a fait son terrain dans les cinq étoiles. » Le « terrain », au temps de Lévi-Strauss, c'était sacré, cela donnait légitimité et légende – et il était recommandé, avant d'aller chez les Nambikwara, d'avoir lu Baudelaire et Proust. Puis on avait vu arriver une génération d'ethnologues qui passaient deux mois sur le terrain et bassinaient des amphithéâtres entiers avec leur récit pendant trente ans, prêts à dévoiler des vérités sur les comportements humains, les femmes chamanes et la quadrature du cercle polaire avec des airs de prestidigitateurs faisant sortir un lapin d'un chapeau. Eudes les avait côtoyés, et c'était lui, le photographe inculte, qui les collait sur Modeste Mignon, Lucien de Rubempré ou Mme de Marsantes. L'étude du bar du Shangri-La, lieu de brassage de populations venues du monde entier, aurait pu fournir un bon sujet de doctorat. Ils en avaient tiré de vastes conclusions, tous les deux. Ils s'étaient même fait goûter leurs cocktails, sans que Laure se mette à rougir. Dans la petite salle des prises de vue, entre les grands parapluies blancs, ils ne riaient plus du tout.

Pour entrer dans cette pièce, ils sont passés comme d'habitude devant la guérite de verre où se trouvent en permanence deux gardiens. Après le portillon qu'on ouvre avec son badge, la porte de droite mène aux réserves et celle de gauche au studio photo. Une caméra de surveillance filme les allées et venues. Les soutes du grand navire ressemblent à un centre de recherches secret dans un film de James Bond. Rien ne peut s'évaporer.

Pourtant, le cahier de parchemin qu'ils venaient de sortir de son enveloppe ne se trouve plus sur la table.

« Tu avais commencé à le photographier, je ne sais plus ?

— Toi, tu as un peu bu ! J'avais juste fait un test avec la première page. Il était là, au centre, sous l'appareil. »

Quelques feuilles venues de la nuit des temps avaient revu le jour et disparu.

Les deux gardiens ont pris un air gêné : ils s'étaient bien absentés « cinq minutes », en effet, mais à la demande du président du musée en personne, qui était venu les chercher. Ils l'aiment beaucoup, M. Martin, il est comme eux fan de rugby, et il savait qu'ils seraient fous de joie s'ils pouvaient rencontrer l'équipe des All Blacks. Les Néo-Zélandais étaient déjà passés en 2007 pour un mois de fêtes, « la mêlée des cultures », occasion de rappeler que le haka, grâce à eux, avait quitté la sphère de l'ethnologie. Les rugbymen avaient popularisé la culture des Maoris dans le monde entier. Le toit du musée avait été transformé en un terrain de jeu à XV et les photos devant la tour Eiffel avaient fait beaucoup pour le musée. Du coup, les joueurs revenaient de temps à autre, quand l'équipe transitait par Paris. Ils avaient adopté le quai Branly.

Le temps de les rencontrer, de demander des autographes, de faire des photos avec eux devant le mur végétal dans le bureau du président Martin, c'était un bon quart d'heure d'absence que les deux vigiles finirent par avouer. Cela n'arrive jamais. Les All Blacks, c'était une vraie priorité, un cas de force majeure, en plus ils étaient couverts par le président en personne, on ne pouvait rien leur reprocher.

La caméra de surveillance ? Elle était orientée vers la porte de droite, celle des réserves, la zone sensible, pas vers l'antre du photographe. Les prises d'empreintes digitales ? Le système déverrouille l'accès des salles de stockage des objets, il n'a pas été installé sur les portes des locaux techniques. Reste le portillon transparent, qui s'ouvre uniquement avec les badges : il n'est pas très difficile de l'enjamber.

« Laure, personne n'est responsable, mais j'ai bien peur qu'on nous ait volé un document.

— Il y a tant de choses qui valent des fortunes ici ! Voler ça ? Mais qui volerait dans un musée une pièce qui n'a jamais été exposée, que personne ne connaît, et, mieux encore, qui n'a aucune existence dans l'inventaire ?

— Tu as raison. C'est absurde.

— On aurait pu voler le magnifique carquois de l'Orénoque, avec ses flèches, qu'on a photographié la semaine dernière, regarde, le conservateur ne l'a pas encore replacé avec les autres objets du Venezuela. C'est une histoire de fous. Personne n'avait ouvert les albums de Roland Bonaparte depuis… »

Laure et Eudes, blêmes, connectent l'appareil de prises de vue à l'ordinateur et agrandissent la dernière image. Une page d'écriture cursive, avec quatre lignes ajoutées dans une encre plus foncée.

« On dirait bien qu'on a pris aussi les pages qui allaient avec, tu sais, probablement la transcription du texte faite par Roland Bonaparte ou son secrétaire.

— Ça nous aurait bien aidés à comprendre de quoi il s'agissait.

— Regarde le bas de la page, cette ligne, ça ressemble à une carte. On dirait que celui qui a écrit ces notes a tracé le profil d'une côte… »

AUGUSTINE RÉCRIMINE

Appuyée contre la cheminée de marbre Louis XVI 1900, ornée de rubans et de carquois du plus pur style Marie-Antoinette, qui ne devrait rien avoir à faire entre un réfrigérateur et une gazinière, dans sa cuisine, tante Augustine récrimine.

« Cette enfant est allée au musée du quai Branly sans nous. Vois-tu, Juanito, je suis extrêmement contrariée. Elle n'a rien vu évidemment. Il aurait fallu qu'on lui explique cette architecture. Tu te souviens des premières réunions avec les riverains, comme ils disaient à l'époque, petits-fours et champagne, on nous avait montré les projets, j'avais trouvé que celui de Jean Nouvel était un peu facile, c'est celui qu'ils ont choisi, bien sûr. Une architecture dessinée en fonction des collections, et puis quoi encore, comme si l'architecture devait se mettre au service des choses. Tadao Ando, ou Christian de Portzamparc avaient plus de gueule, je trouve. Ou alors Rem Koolhaas s'il avait pris la peine de rendre un projet. Bon, on l'a ce musée, on s'en contente. Tu te souviens de mon amie de l'École du Louvre, Dominique ?

— La conservatrice ? Bien sûr. Elle s'occupe de l'art des Amériques.

— Je viens de l'appeler. L'exposition qu'elle prépare s'appelle "Voyages de l'autre côté", un titre pris à Le Clézio, ça fait toujours bien. Mais bon, je crois que ça va être intéressant. On ira. Ça lui fera plaisir, Juan. Elle est en cours de montage. Elle m'a dit qu'elle venait de déménager toute sa vitrine sur les premiers Indiens au temps des conquistadores, ce n'est pas cela le sujet de la petite pour son exposé, Hispaniola et *tutti quanti* ? Aujourd'hui, ils attendent une pièce importante, qui doit venir du Louvre, un siège sculpté.

— J'en ai parlé à Alina, je ne savais plus trop bien où il était, le "fauteuil de Colomb" ! Il est au pavillon des Sessions, tu as raison.

— Tu trouves ça normal, toi, un musée qui met une série de chefs-d'œuvre en dépôt de l'autre côté de la Seine ? On va devoir déplacer une pièce historique d'une rive à l'autre le temps d'une exposition...

— C'est très bien ainsi. Les arts premiers doivent être au Louvre. J'avais signé la pétition, tu te rappelles, le manifeste de Kerchache, je l'aimais bien, il nous manque, parce que les chefs-d'œuvre doivent être libres et égaux en droit.

— Pense ce que tu veux. En tout cas j'ai appelé Dominique, ne me remercie pas, la petite Alina a rendez-vous avec elle demain matin pour assister au montage de l'exposition, à l'arrivée sans tambour ni trompette du fauteuil de l'amiral Colomb dans sa caisse renforcée et à une foule de choses inoubliables. Ne me remercie pas. Ce n'est pas pour toi que je le fais, c'est pour elle. Ses parents vont être ravis quand je vais le leur raconter. »

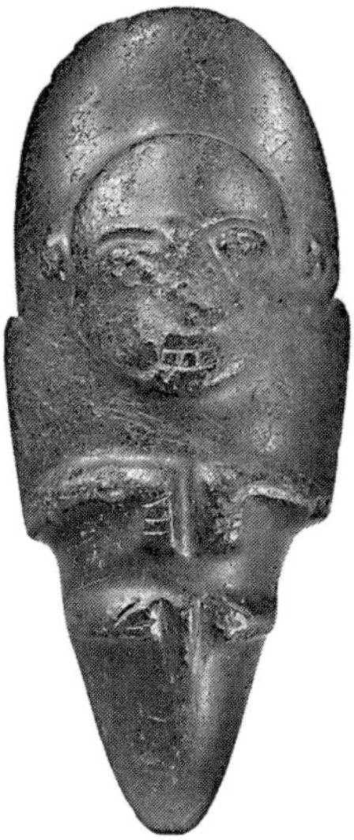

LES ROSEAUX BLEUS PENDANT LA NUIT

Arthur est étudiant en prépa à Louis-le-Grand. Il a mis tout en œuvre pour éviter d'être architecte comme sa mère, ou professeur comme son père, il se rêve ingénieur et veut depuis toujours travailler en Afrique. Ses parents, il les appelle par leurs prénoms, Augustine et Juan. Ils ne sont pas très embêtants. Ils sont modernes. Ils lui laissent cette chambre de bonne à dix minutes de leur réfrigérateur. Ils savent qu'on travaille moins bien dans une chambre de bonne qu'à l'internat, mais qu'on y boit moins d'alcools forts. Il aime sa petite sœur. Il est un dieu vivant pour sa cousine Alina, qui est arrivée d'Espagne à la rentrée. Et lui, il aime beaucoup s'amuser avec elle. Alina, dans deux ans, ce sera une beauté. Elle est intelligente en plus.

Le jeu préféré d'Arthur, jusqu'à la semaine passée, consistait à sortir de chez lui par la fenêtre, en marchant comme Tintin en Amérique sur cinquante centimètres de corniche au-dessus d'une étroite cour intérieure : il pouvait passer en trois pas du côté du musée moderne greffé sur le pignon du XIXe siècle. Il se retrouvait sur le toit d'en face, et de là, la nuit, il arrivait jusqu'à la grande terrasse du musée avec son pont en bois, la plus belle de Paris. Comme s'il était sur un yacht suspendu dans les airs, il regardait pendant des heures le Trocadéro, le chantier de la cathédrale russe, le pont métallique enjambant la Seine. Il s'allongeait pour contempler les étoiles. À travers le mur vitré, il voyait même la salle de réunion, sans doute réservée aux conseils d'administration du musée. Il ne s'était jamais fait prendre. Il suffirait que quelqu'un oublie de fermer la salle du conseil pour qu'il puisse entrer dans le bâtiment administratif, et peut-être, de là, passer dans les salles, en vrai gentleman cambrioleur. Mais il n'y était jamais parvenu.

Il avait invité les deux meilleurs amis de sa classe pour un pique-nique bien arrosé à trois heures du matin, c'est ce qui l'avait perdu. Ils avaient dû oublier une cannette de bière ou les restes d'une cigarette suspecte et, dès le lendemain, une protection métallique avait été installée entre la corniche de pierre de son immeuble et le rebord du vaisseau de Jean Nouvel.

Ce musée, il l'aimait, c'est là qu'il avait appris à connaître l'Afrique sans y être jamais allé, « Dogon », « fleuve Congo », il avait tout vu, et l'exposition « Tarzan ! » lui avait permis de rencontrer Jane, sa première petite amie, une jolie blonde de la Plaine Saint-Denis, qu'il n'aurait jamais croisée si elle n'était pas venue voir ça avec sa classe. Juan et Augustine désapprouvaient Jane, mais Tarzan n'en avait cure : il ferait d'elle la lady Greystoke de l'avenue de La Bourdonnais. Il l'invitait à se goinfrer de pâtisseries aux Deux Abeilles, devant une carte de thés qui les faisait rêver de voyages. L'an dernier, le musée avait ouvert un atelier de tatouages, pour accompagner une grande exposition sur ce sujet : ils avaient discuté pendant des heures de ce qu'ils pourraient se faire tatouer, à quel endroit du corps, et puis l'ombre de tante Augustine était apparue, en rêve, comme une divinité menaçante, et ils avaient tout arrêté. Arthur ne savait pas s'il était amoureux. Mais si elle le lui avait demandé, il aurait cassé la vitre pour entrer dans le musée et aller prendre pour elle le masque d'or des Nazca.

Le soir, ils se promenaient, quand le musée était ouvert, dans le grand jardin. Sur l'eau, des roseaux bleus projetaient des lumières pâles. La haute passerelle était comme un baldaquin. Ils écoutaient, les soirs de concerts, les rumeurs des peuples du monde qui filtraient de la grande salle. Ils avaient vingt ans, le musée du quai Branly était leur planète.

COMMENT SE PRÉPARE UNE EXPOSITION ET CE QUI FAIT RÊVER ALINA

Alina est devant la caisse, pas encore ouverte, sur la mezzanine des expositions. Autour d'elle, un groupe de spécialistes s'occupe de mettre en place les objets. Dominique, l'amie de sa tante, lui explique :

« Toutes les pièces taïno de nos collections permanentes ont été enlevées de la vitrine hier, elles trouveront place ici. Dans l'exposition "Voyages de l'autre côté", tu vois, nous allons montrer tout ce qui, dans les différentes cultures, permet aux hommes d'accéder à d'autres univers.

— Les rêves ?

— Si tu veux, mais cela peut prendre diverses formes, plus ou moins artistiques. Pour avoir des hallucinations, les hommes peuvent ingurgiter ou fumer des substances qui leur donnent des visions, leur permettent de voir ce que les autres ne voient pas, de révéler des prophéties...

— Un peu comme la pythie, sur son trépied, avec les feuilles de laurier ? On m'en a parlé.

— Chez certains peuples, c'est un peu plus violent.

Les chamans des Taïnos avaient de grands pouvoirs. Ils commençaient par se vider l'estomac : regarde ces sculptures de bois, avec ces visages.

— Elles sont belles. Elles font peur.

— On les appelle des “spatules vomitives”, ce n'est pas très joli comme nom. Mais c'est nécessaire dans le rituel. »

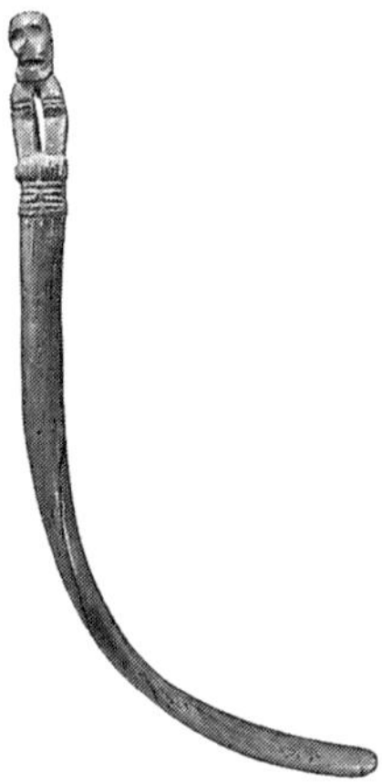

Alina n'arrive pas à y croire. Elle a sous les yeux un objet sculpté par des Indiens qui n'avaient jamais vu d'hommes européens, un objet qui vient de ce peuple qui n'avait rien demandé à personne et qui avait été le premier découvert, le premier à disparaître.

« Tu as vraiment été étonnée par la vitrine vide, hier ? Tu croyais qu'on avait cambriolé la collection pour t'empêcher de faire ton exposé ? Regarde, tout est là. Tu peux être rassurée. C'est le nécessaire complet pour voyager vers l'ailleurs. Les Taïnos n'avaient pas prévu que de vrais voyageurs arriveraient chez eux... »

Un des régisseurs est en train d'ouvrir la caisse, au centre, avec de grandes précautions. Il en sort une sculpture plutôt petite avec une tête, comme une figure de proue, presque une chaise d'enfant, très basse. Il s'exclame :

« Et ça, c'est la moto céleste des chamans, alors ? »

Dominique le regarde d'un air sévère, mais, comme Alina éclate de rire, elle rit elle aussi. Dans l'équipe du musée, Dominique connaît tout le monde depuis le début, elle a été une des premières à répondre présente, jeune conservatrice embarquée dans l'aventure à l'époque où il n'y avait rien. L'équipe a su rester à la bonne taille : tout le monde se parle, c'est un grand musée où l'on se sent comme dans une maison. La « mission de préfiguration » c'était déjà comme cela : le musée n'avait pas de nom, tous étaient installés dans une jolie villa de la rue Auguste-Vacquerie, non loin de cette rue La Pérouse où Proust a caché les amours d'Odette de Crécy avec Charles Swann. « Ta tante venait me voir de temps en temps à l'époque, on allait déjeuner toutes les deux dans une espèce de cantine du ministère des Affaires étrangères qui était à deux pas. Tu n'imagines pas comme elle était inquiète quand elle me parlait du chantier ! Elle est un peu dure parfois, mais je l'aime bien. »

Alina n'est qu'en troisième, Dominique est bavarde, mais elle ne va tout de même pas tout lui raconter. Cela semble si loin cette époque de la rue Auguste-Vacquerie. Jacques Friedmann – un vieil ami de

Jacques Chirac qui avait présidé plusieurs grandes sociétés – y orchestrait des réunions où conservateurs et chercheurs du musée de l'Homme, responsables de collections du musée des Arts africains et océaniens du vieux Palais de la Porte Dorée, grands pontes de l'université et directeurs de recherches du CNRS travaillaient à jeter les bases d'une nouvelle institution. Dominique avait échappé de justesse à un premier poste Porte Dorée, dans le magnifique bâtiment de Laprade exaltant le passé colonial et la gloire du maréchal Lyautey. Les conservateurs qu'on nommait là étaient réputés avoir été « envoyés aux crocodiles », parce que l'aquarium souterrain était une des choses que le public préférait : lors d'une visite du bâtiment, la directrice des Musées de France avait regardé longuement et avec une certaine gourmandise les deux gros animaux albinos qui se prélassaient sur une île artificielle, de quoi faire deux ou trois sacs à main. Tout le monde était mécontent d'y être, mais plus mécontent encore de devoir migrer quai Branly, et de devoir cohabiter avec de plus redoutables crocodiliens, les grands savants du musée de l'Homme, désespérés de devoir quitter la colline de Chaillot, où pourtant eux aussi ne cessaient de se plaindre de la vétusté des laboratoires et de leurs difficiles conditions de travail. Dominique avait été la première jeune conservatrice spécialiste d'art précolombien à être affectée au futur musée, qui n'était qu'un « établissement public constructeur ». Elle fut la première conservatrice nommée dans ce musée qui n'existait pas. Aujourd'hui, elle en tirait une certaine fierté, et quelques prérogatives : en réunion, personne ne l'interrompait, elle était comme chez elle au quai Branly, où elle se disait qu'elle allait faire toute sa carrière.

« Ce fauteuil est une légende, Alina. On l'appelle un duho, il était utilisé pour les cérémonies. Dans la collection David-Weill, où il se trouvait avant d'être offert au musée de l'Homme en 1950, on racontait qu'il avait servi à Christophe Colomb.

— C'est vrai ? Il l'a touché ?

— Ce dont on est certain, c'est que ce duho a été offert à son frère par une princesse, une cacique, nommée Anacoana, un nom qui veut dire "Fleur d'or", en 1494. Tu notes la date ? Rien ne le prouve. Il faudra absolument en parler dans ton exposé. Tu veux que je te fasse des photos des détails de la sculpture avec mon téléphone, avant qu'on ne pose la vitrine ? Tu vas impressionner tout le monde avec ça, tu vas voir. Anacoana était belle, elle écrivait de la poésie, elle était la sœur de Bohechico, qui avait été cacique de l'île avant elle. Elle fut pendue en 1504, l'année de ses vingt-neuf ans.

— C'est triste. Mais où est-il ce fauteuil, ce… duho ?

— En temps normal ? Il est au Louvre.

— Ah oui, tante Augustine me l'avait dit.

— Elle en sait des choses, ma vieille Augustine ! Il se trouve dans les salles, ouvertes avant notre musée, qui exposent des chefs-d'œuvre d'Afrique, des Amériques, mais aussi du monde asiatique, dans le palais où sont les chefs-d'œuvre des arts occidentaux, pour qu'on comprenne que les arts de ces continents lointains sont aussi importants pour notre histoire que ceux de l'Égypte, de la Grèce, de Rome… Ce sont des œuvres qui pourraient être ici mais qui sont comme un signal là-bas, sur l'autre rive, pour dire aux touristes qu'ils peuvent aller découvrir d'autres choses… Tu y es allée ?

— Non, pas encore, dit Alina, un peu gênée.

— Ta tante ne fait pas son travail. Elle a toujours été nulle. Je t'y emmènerai. La dernière fois qu'on l'a montré ici, ce duho, il y a quelques années, on avait invité le président Chirac à découvrir l'exposition avant le vernissage. C'est vraiment son musée, il vient tout voir, tu sais, il est allé directement vers lui et il a murmuré : "Ah, il est là !" On était tous très émus. Le décor mélange une tête humaine et des animaux, il indique l'usage de ce siège, réservé à ceux qu'on appelait les *behiques* dans la société taïno. Après avoir absorbé la *cohoba*, ces chamans en état de transe communiquaient avec les dieux. Commençait alors, dans ce fauteuil de bois, une exploration de l'ailleurs, un voyage imaginaire.

— Mais comment sait-on tout cela ? Christophe Colomb a raconté ce qu'il a vu ? Il a écrit un livre ?

— C'est drôle que tu me poses cette question. Aujourd'hui. Hier, je t'aurais dit qu'on possède une copie partielle et sans doute un peu transformée de son journal de bord. Il raconte sa traversée, ses espérances, ses certitudes, les doutes de son équipage, le moment où la terre est apparue à l'horizon. C'est un prêtre formidable, las Casas, le premier défenseur des Indiens, qui l'a recopié. Depuis hier, ma petite Alina, tu es la première à qui j'en parle et – Dominique baissa la voix – il y a peut-être du nouveau à ce sujet... »

Dans la nuit qui suivit, Alina n'arriva pas à dormir. Elle s'imaginait seule, dans le musée, entourée de nuages de fumée, ou plutôt d'un brouillard sur lequel passaient les dessins de la chambre des écorces et le visage sculpté du duho. Elle se voyait à demi allongée sur le fauteuil, la tête renversée, avec à côté d'elle son cousin Arthur, le corps couvert de tatouages, décollant vers les étoiles sur une moto de bois sculpté. Arthur disait, mais ce n'était pas tout à fait sa voix : « Je vais te dire une chose que les grands savants, petite cousine, les ethnologues, ne savent pas. Ils croient tout connaître de la Terre. Mais il y a des mondes inexplorés. » Ce n'était pas un rêve, c'était son imagination qui lui montrait des silhouettes. Arthur courait sur les toits. Il répétait ce mot : « inexplorés ». Elle cherchait à mieux voir. La conservatrice avait des secrets, dont elle n'avait pas voulu parler devant les autres, Alina avait rencontré celle qui pourrait le mieux lui raconter la véritable histoire de Cristóbal Colón. Dès demain, il faudrait absolument qu'elle retourne au musée, et qu'elle lui parle. Elle avait été trop timide. Elle avait au moins vingt questions à poser.

DEPUIS L'OBSERVATOIRE DU COMTE DES NUAGES

L'« atelier », c'est la vigie du musée. Jérôme, qui occupe le poste de directeur général, c'est-à-dire numéro deux du musée, aime y venir, pour penser, pour regarder, pour discuter avec des conservateurs à l'abri des indiscrétions. Pour lui aussi, l'avantage de ce musée, c'est que c'est une famille, où tout le monde se connaît bien.

Dans l'équipe, tous s'appellent par les prénoms, à l'américaine – et on se tutoie assez peu : Stéphane, c'est le président – il était dans le bureau du président de la République quand l'idée est née, il a su lui donner corps, il l'a fait sortir de terre, c'est plutôt rare dans l'administration –, Yves, le directeur scientifique, veille sur les collections et le patrimoine, mais il y a aussi Hélène, qui s'occupe de toute la « production culturelle », Nathalie, de la communication, Marine qui était amie de Jacques Kerchache, l'inspirateur des salles du Louvre, ou Sylvie, l'assistante du président qui voit passer tout le monde et s'amuse beaucoup. Sylvie, comme Hélène, comme Dominique, la moins conservatrice des conservatrices, sont là depuis l'époque héroïque de la « préfiguration ». Il y avait Martine, alors, qui créait le service du mécénat, avant même le début du chantier. Martine n'est plus de ce monde. Suspendu dans les hauteurs du bâtiment, comme un nuage flottant au-dessus du plateau des collections, ce petit espace d'exposition, l'« atelier », porte son nom.

Quand on se penche, on voit les œuvres autrement, on regarde circuler les visiteurs. En ce moment y sont accrochées des photographies japonaises. Le comte Masanao Abe, né en 1891, mort en 1966, a passé quarante années à photographier et à filmer les nuages sur le mont Fuji. Ses instruments scientifiques sont là, sa longue-vue sur pied suffit à donner à ce perchoir l'allure d'un gaillard d'arrière de jonque de la fin du XIXe siècle, à côté de ses chapeaux melon et de ses albums de clichés, avec des agrandissements aux gris et aux noirs profonds. Certains, à l'époque, étaient encadrés : le comte Abe savait qu'on ne photographie pas la montagne sacrée sans penser à la série des *Vues du mont Fuji* d'Hokusai. Devant le Fuji, tout travail savant se métamorphose en œuvre d'art, et ces merveilleux nuages sont devenus une sorte de poésie en prose.

Jérôme voulait voir son président seul à seul. Laure, la jeune Canadienne, est venue le trouver tout à l'heure, au bord des larmes, pour lui parler d'un vol, survenu la veille. Un vol inexplicable. Un document qui s'est volatilisé.

Il est onze heures du matin. Les premiers visiteurs arrivent. Ils vont entrer. Mais ils mettront bien dix minutes avant d'accéder à l'exposition sur le comte Abe. Stéphane monte l'escalier quatre à quatre.

« Rien ne disparaît ici, Jérôme, soyez rassuré. Vous avez vu le catalogue de la vente Mallarmé, chez Sotheby's ? J'ai pris un téléphone, j'ai repéré un grand papier de Villiers de L'Isle-Adam, mais j'ai bien peur que ça n'excède mes moyens...

— Moi, vous savez, je rêve d'une lettre de Proust, et je crois bien que je vais devoir attendre quelques années. Je veux vous parler d'un problème grave. Hier...

— Arrêtez de vous inquiéter. Un document sur parchemin, de la Renaissance, avait été glissé dans une enveloppe perdue dans les albums de photos de plages du prince Bonaparte, Laure et Eudes sont tombés dessus par hasard.

— Vous êtes déjà au courant. Bah, c'est pour ça que vous êtes le président...

— Élémentaire, mon cher ! Pour entrer dans la salle de prises de vue, il faut un badge, le coupable est donc parmi nous. Et il, ou plutôt elle, est venu se dénoncer dès la première heure. Je n'ai aucun mérite. Rien n'a été pris. Dominique, vous savez comme elle est, en conservatrice zélée, était passée voir si tout allait bien et si Eudes serait disponible ce matin pour faire des photos de l'installation de l'exposition "Voyages de l'autre côté". Elle n'a trouvé personne. Elle est tombée sur ce fameux document qui se trouvait sur la table. Elle a commencé à le lire. Elle n'en croyait pas ses yeux...

— Elle n'aurait jamais dû l'emporter.

— Vous n'imaginez pas ce que c'est. C'est la pièce la plus rare et la plus importante découverte depuis cent ans. Enfin, c'est ce qu'elle m'a dit. Elle s'emballe souvent, mais, cette fois, je pense qu'elle a raison.

— Donc, ce cahier de parchemin...

— Je l'ai ici, avec moi, dans mon cartable. Vous voulez voir ? Ce n'est pas de Proust, mais ça vaut quand même la peine. L'écriture a été retranscrite au XIXe siècle, sur des feuillets qui se trouvaient dans l'enveloppe. Je ne parle pas l'espagnol. Vous oui ?

— Non plus. »

Au mur, le mont Fuji était entouré d'une spirale de brumes, sous un ciel légèrement pommelé. Le président du musée ouvrit son porte-documents avec délicatesse. Il partageait avec son bras droit la passion des livres anciens, avec une préférence pour la littérature de voyages.

« Si vous avez besoin de quelqu'un qui parle espagnol, je peux peut-être vous aider. »

La jeune fille qui venait de prendre la parole avait dû entrer avec la première poignée des visiteurs du matin. Ils la regardèrent avec étonnement. Elle était un mélange d'Alice au pays des merveilles et de Zazie dans le métro.

UNE SCÈNE DE PLAGE
À LA FIN DU XVe SIÈCLE

« Ces pages sont de la main même de l'Amiral, elles ne figurent pas dans le journal que moi, Bartholomé de las Casas, j'ai recopié et publié. Il les conservait à part et c'est ainsi qu'elles doivent demeurer. Il y parle de sa toute première rencontre avec les Indiens.

» *J'arrivai alors devant une large étendue de sable d'un blanc pur, que je n'avais jamais vue, au bord de la mer. Immédiatement après commençaient des buissons et une dense forêt qui semblait aller jusqu'à la base des montagnes. J'étais seul et j'avais ce jour-là laissé mes compagnons pour explorer à pied le littoral. J'avais beaucoup de curiosité de ce que j'allais y trouver. Je me demandais si dans les arbres je trouverais des espèces d'oiseaux que je n'avais jamais vues et je fis très vite une première découverte. Je remarquai, à côté d'un bosquet de pins, une sitelle qui ne ressemblait en rien à celles que je connaissais, elle avait les plumes gris et bleu, et la partie inférieure de son petit corps était d'un blanc sans éclat, alors que ces oiseaux ont d'ordinaire le bas de l'abdomen jaune et éclatant. Tandis que je montais au plus haut des arbres pour voir si je ne trouverais pas un nid, deux hommes armés d'arcs apparurent. Ils étaient presque entièrement nus et semblaient sauvages. Leur langage ne se comprenait pas et je dus observer leurs gestes, indiquant qu'ils m'invitaient à venir avec eux, ce que je fis, si grande était ma curiosité de ces chasseurs du bord de la mer qui ne semblaient pas occupés à pêcher. L'un d'eux portait un collier et fumait une sorte de pipe sculptée dans du bois foncé. Ils me firent découvrir leur campement, composé de huttes et d'abris qui étaient pour certains sur le sable le long de la côte, pour d'autres dans les rochers qui se trouvaient là, dans un lieu où la mer vient presque lécher la montagne. Ils avaient ainsi à la fois une protection et une cachette. Dans une des grottes, ils me firent admirer deux grands canoës sculptés dans des troncs, qui avaient dû prendre si longtemps la mer qu'ils étaient devenus semblables à de la pierre, il fallait dix hommes pour les porter et trente hommes pouvaient sans doute monter à bord. Ce sont leurs caravelles. Il ne se trouvait là pourtant que deux familles, avec une dizaine d'enfants, des femmes qui s'occupaient à piler des graines et à faire cuire des poissons. Ils me firent fête et bon accueil. Je goûtai de leur repas, et je leur montrai par des gestes que je trouvais cela fort bon. Je me demandais si les hommes et les femmes qui vivaient dans ces anfractuosités et sur cette grève avaient déjà eu des contacts avec leurs semblables. Ils semblaient vivre entre eux, dans une harmonie digne des premiers âges, et ignorés de toutes les puissances.*

» Dans les jours qui suivirent, sans en parler à personne, je pris l'habitude de venir voir ces étranges marins. Ils étaient fiers de me montrer comment ils fabriquaient leurs bateaux, et tout ce qu'ils pouvaient en faire. J'appris quelques-uns de leurs mots. Je sus dire « fils » et « fille », je compris qu'ils voulaient me parler des pères de leurs pères, qui semblaient avoir fabriqué le plus grand et le plus ancien des esquifs, celui qu'ils cachaient au fond de la plus secrète de leurs grottes. Je voulais savoir s'ils avaient des bijoux, de l'or, des perles, mais aucune de leurs femmes n'en portait. Leurs richesses ne consistaient qu'en de petites pierres sculptées, où l'on reconnaissait des visages, mais ce n'étaient ni des idoles ni des dieux païens, car ils ne les adoraient pas. Ils possédaient aussi des spatules en bois, avec lesquelles ils se faisaient vomir, avant de se placer sur des sièges, qu'ils me montrèrent, et où ils s'installaient pour fumer des herbes sèches en tenant des propos que les autres écoutaient avec respect. Je ne sais pas trop à quoi servaient ces étranges cérémonies auxquelles j'assistai plusieurs fois quand ils comprirent que je ne leur voulais point de mal et que j'étais désireux d'apprendre leurs mœurs.

» Ils me parlèrent alors du long chemin qu'ils avaient suivi. La nuit, ils me montraient les étoiles, et je pensais qu'ils avaient pu être aussi savants que nos hommes de Palos pour s'en servir afin de diriger leurs embarcations. Ils n'avaient pas de cartes, mais parlaient avec abondance, en me faisant comprendre qu'ils avaient passé plusieurs lunes à naviguer. Peu à peu, je compris quelques mots simples de leur langue, qui ne ressemblait à aucune des nôtres. Je n'en parlai à personne car je ne

voulais pas qu'un autre que moi pût comprendre leurs secrets. Je me liai alors avec la fille de celui qui me parut être le chef, elle voulait conclure avec moi une sorte de mariage. Je me laissai faire, pensant que j'allais bientôt disparaître au loin, ne plus les revoir, et que c'était pour moi le moyen d'apprendre d'eux les routes, le nombre de jours de mer, et les courants. Ils avaient été autrefois plus nombreux et ceux qui restaient vivaient dans le regret des âges de leurs pères.

» *Moi qui étais parti seul, dans le simple but de découvrir des oiseaux, voilà comment je trouvai tout un petit peuple et manquai de m'en faire une famille. Je les quittai à regret, comme les gens les plus aimables que j'eusse jamais rencontrés, très intrigué par ces hommes qui semblaient n'avoir jamais vu personne d'autre que les leurs, et qui m'avaient fait un accueil si simple et si bienveillant. Je ne sais s'ils honoraient un dieu, je ne leur parlai pas du Christ, réservant ces sujets pour le moment où ils n'auraient plus du tout peur de moi. De tous les voyages que je fis ensuite, je puis dire qu'aucun ne m'apprit autant que les quelques jours que je passai dans ces rochers à faire l'apprentissage des coutumes de ce petit peuple qui semblait oublié du Seigneur depuis les premiers jours de la Création.* »

Premiers Indiens qui s'offrent à Christophe Colomb.

Cochin inv. et del. L. Lempereur Sculp.

OÙ L'ON PARLE DE TOUT SAUF DES SITELLES

Ce soir, le vernissage de l'exposition « Voyages de l'autre côté » marquera une date dans l'histoire du musée. Ce sera le premier grand événement de cette décennie. On a rassemblé tous ceux qui, depuis le début, ont participé à l'aventure. Le président du musée a l'intention d'y annoncer, devant les médias, qu'on a retrouvé les seules pages manuscrites connues de Christophe Colomb, un récit où il évoque son premier contact avec les Taïnos, probablement à la fin du mois d'octobre 1492, lors d'une exploration le long de la côte, faite à pied, tandis que ses marins étaient restés à bord de leurs navires – un très beau texte. La première page de littérature consacrée à l'Amérique, avec de surcroît une description d'une cérémonie traditionnelle : un trésor.

Alina a été invitée – avec l'oncle Juan, la tante Augustine, le cousin Arthur et sa petite amie, Jane. Elle a su garder le secret. Sa traduction, improvisée au milieu des nuages du mont Fuji, avait été bien sûr améliorée par Dominique, mais elle avait été la première à lire mot à mot le texte du grand Cristóbal. À son âge, détenir une révélation qui va faire la une des journaux, et surtout posséder, pour un petit exposé de rien du tout, des informations que personne au monde ne détient, cela demande beaucoup de maîtrise de soi. Elle n'a pas téléphoné à Gijón, ce n'est pas l'envie qui lui manque. Elle a juste raconté l'exposition à tout le monde, son vocabulaire s'est étendu, elle connaît « cartel », « mise à distance », « spatule »... Elle exulte. Elle a invité Arthur et Jane aux Deux Abeilles avec son argent de poche pour fêter cela, elle est encore, au fond d'elle-même, une petite fille qui aime les gâteaux – alors que sa cousine Madeleine est passée aux légumes bio et fait déjà des régimes absurdes. Avec Arthur, qui boit des bières et se goinfre de chocolat, Alina se sent mieux qu'avec elle, finalement.

Dans le bureau du président Martin, l'arrosage automatique du mur végétal se met en marche. Tout le monde vient de se taire. Il a réuni autour de la table ceux qui doivent jouer un rôle actif dans cette journée historique.

Six bureaux seulement bénéficient d'un mur végétal intérieur, c'est une source infinie de conversation : « Reconnaissez que c'est mon mur qui est le plus beau, mes feuilles sont plus brillantes, non ? Il s'était assoupi, c'est normal, pendant l'hiver, mais là il redémarre. Je verse ma théière sur la terre tous les soirs, c'est mon secret... » Quand le vaporisateur se déclenche tout seul au milieu d'une conversation, les visiteurs qui n'ont pas l'habitude se taisent d'un coup. Ce jour-là, il n'y a que des avertis, nul n'y prête attention.

« Je vais faire intervenir cette petite fille, Alina, qui a traduit le document la première. Elle a treize ans, et pas dix, mais ce n'est pas bien grave, elle va symboliser la génération qui a grandi avec le musée.

— Vous voulez vraiment, dit Jérôme, centrer votre allocution sur la redécouverte de ce document ? Vous ne craignez pas que tout le monde soit surpris de nous voir faire l'éloge de Colomb ?

— Vous préféreriez qu'on attende... Vous avez peut-être raison. Nous devrions montrer cela à des universitaires de Madrid. Il n'y a qu'un seul manuscrit connu de Colomb, une carte tracée à la plume qui figure dans la collection des ducs d'Albe. Je l'ai vue autrefois au palais de Liria. C'est l'unique original. J'ai regardé sur Internet, je ne suis pas archiviste paléographe, mais la similitude est frappante. Il a écrit "Hispaniola" exactement de la même manière.

— Est-on certain pour autant, demande Hélène, que ce document soit authentique ?

— Évidemment pas. Mais cela, je peux le dire. C'est intéressant de raconter la vie de nos collections, de montrer qu'on a encore bien des découvertes à faire... »

Plusieurs points restent obscurs, et tous s'accordent à le reconnaître. La collection de livres et de documents anciens, de photographies et de cartes réunie par Roland Bonaparte est considérable. Cela n'explique pas comment un document de cette importance a pu demeurer ignoré, non publié, inconnu, alors qu'il a été retranscrit mot à mot.

« Il a même été intentionnellement caché, dit Dominique. Une enveloppe collée parmi les clichés des plages corses, c'est exactement comme s'il avait voulu qu'on ne le retrouve pas. Le meilleur moyen de planquer un livre dans une bibliothèque bien tenue, c'est de le placer dans un rayonnage où il n'a rien à faire. On peut l'ignorer pendant cent ans. C'est ce qui est arrivé. Mais pourquoi ? Et que faisait-il là, ce fragment de journal ? Jamais Roland Bonaparte, semble-t-il, ne s'est intéressé à l'aventure de la découverte de l'Amérique.

— Le style correspond à ce qu'on connaît du journal de bord du premier voyage. C'est bien le Colomb de 1492. Celui qui décrit avec émerveillement les premiers indigènes, qui s'intéresse à leurs coutumes, à leurs armes, qui note le nom de chacun des oiseaux qu'il voit... »

C'est à cet instant que Jérôme est devenu livide. Il a regardé toutes les personnes présentes, et ses yeux demandaient le silence. Tous l'ont entendu dire :

« Je suis corse.

— Oui, Jérôme, merci, nous le savons. Corse et bibliophile, dit Stéphane.

— En vacances, quand j'avais l'âge de cette petite fille espagnole, vers treize ans, j'avais une passion...

— Les éditions originales de Proust, déjà ?

— Avec mes cousines, en vacances, je photographiais les oiseaux.

— Jérôme, vous vous sentez bien ? Vous voulez qu'on ouvre une fenêtre ? »

UN VOYAGE DANS L'AUTRE SENS

« Tu l'as recopié, ce texte, Alina ? Tu crois qu'il a vraiment été écrit par Christophe Colomb ? »

Elle n'y tenait plus, dans la bonne odeur de réglisse et d'amande, au milieu des gâteaux du salon de thé, elle a fini par tout dire. La pâtisserie chaude, à son âge, c'est encore la plus efficace des substances hallucinogènes. Quelle importance ? Dans deux heures, le président du musée allait tout expliquer au public, avant le vernissage. Elle a sa place réservée, au premier rang, lui a dit Dominique, sa nouvelle amie conservatrice. Tante Augustine pour une fois n'est pas le moins du monde contrariée, très contente de voir que sa nièce et sa vieille amie de l'École du Louvre se sont bien entendues.

« Non, je n'avais pas le droit ! Je me suis contentée de noter dans mon carnet les mots que je ne comprenais pas. J'étais la traductrice du document, la première, vous comprenez.

— Montre.

— Il n'y en a pas beaucoup. Deux seulement. "Spatule" et "sitelle".

— Spatule, c'est facile, il y en a en cuisine ici. Sitelle ?

— C'est un oiseau. Aux plumes grises et bleues, avec, si je me souviens bien, « un ventre d'un blanc sans éclat », ils ont beaucoup apprécié ma traduction, Dominique me l'a redit.

— On a encore le droit de te parler malgré tout ?

— Colomb aimait, paraît-il, beaucoup les oiseaux. C'était très utile pour lui. Il les observait. Sur la *Santa María*, il n'arrêtait pas de regarder le ciel, il se demandait s'ils n'apportaient pas avec eux des petites brindilles. Le signe que la terre était proche. »

Jane a sorti son téléphone de sa poche, pendant qu'Arthur et Alina parlaient. Elle a tapé « sitelle » et elle a vu apparaître un tableau comparatif complet de cette espèce d'oiseau, de toutes les couleurs, avec des variétés diverses selon les régions du monde. Elle a tendu le téléphone à Arthur pour qu'il regarde cela lui aussi.

Dans le bureau du président, personne ne sait plus quoi dire. Jérôme parle comme un automate :

« La sitelle dont parle Christophe Colomb a été décrite scientifiquement bien après lui, mais elle existe depuis des siècles. Dans mon île, elle est très connue, c'est même un sujet de fierté, parce que les ornithologues l'ont baptisée "sitelle corse". C'est un petit oiseau endémique, comme on dit, qui niche dans les pins. Elle ne se trouve que là.

— Qu'en Corse ?

— Avec ces couleurs-là, oui. C'est une particularité.

— La conclusion s'impose d'elle-même, alors, dit

Dominique. Merci, Jérôme, vous nous avez évité le ridicule. Le document est un faux. Je dirais même un faux qui a dû être fabriqué par des Corses pour berner le prince Bonaparte, qui ne se sont pas rendu compte qu'ils décrivaient un oiseau typique de chez eux venant se nicher chez les Indiens d'Hispaniola. C'est bien imité, le parchemin est absolument d'époque, l'encre a exactement la couleur qu'il faut, j'avoue que c'est bien imaginé… »

Alina, au-dessus de sa théière fumante, a compris. Les deux messieurs de la direction du musée qui lui ont demandé de leur traduire le texte lui ont tout raconté avec beaucoup de gentillesse.

Depuis plusieurs jours, elle a tout lu au sujet de Colomb, elle sait tout. On ignore où il est né, certains le croient génois, c'est le plus probable. Mais on disait aussi qu'il était corse – d'ailleurs à l'époque la Corse appartenait à la république de Gênes. Ce qui est le plus mystérieux, dans son histoire, selon elle, c'est qu'il était très sûr de lui. Il arrive à convaincre le roi et la reine d'Espagne, on ne sait pas trop comment. On ignore ce qu'il leur a dit. Les arguments qu'il a donnés sont restés en partie un secret d'État.

Ensuite, avec ses marins, il les rassure, guidé par sa bonne étoile. Il n'hésite pas. Comme s'il connaissait déjà la route. Depuis toujours.

Alina, sur le téléphone de Jane, agrandit l'image avec ses deux doigts : « Sitelle corse, espèce endémique. » Elle vient de comprendre ce que le monde va bientôt apprendre. Elle se demande si Jane et Arthur ont déjà saisi, eux aussi.

Le texte que le prince Roland Bonaparte conservait dans son album de plages n'avait pas été caché là. Il était à sa juste place. La bonne page. Il s'agit réellement d'un texte écrit par Colomb. Mais il ne décrit pas le premier contact avec les Indiens d'Hispaniola.

Il raconte une scène qui s'est produite peut-être des années auparavant, sur une plage, mais pas au bout du monde. Une plage de son pays. Une plage corse. À l'époque où les plages étaient des déserts et où tous les Corses vivaient dans la montagne – c'est la même chose sur la Côte cantabrique, son père le lui a expliqué, personne n'allait « à la plage » autrefois... Sur ces lieux inhospitaliers se cachaient les bandits, les pirates, les proscrits... Colomb, jeune homme, avait découvert un village. Un village taïno. Un village peuplé de gens qui étaient venus sur de grands canoës. Des voyageurs qui avaient peut-être mis plusieurs générations à arriver là, toujours en se cachant, en s'arrêtant aux Canaries ou aux Açores, sur d'autres plages secrètes. Puis, ils avaient passé Gibraltar. Ils s'étaient laissés dériver.

Entre les grottes et les pins, ce petit Cristóbal, qui n'était pas grand-chose, dont on ne connaissait pas les parents, qui aimait les oiseaux et qui furetait partout – Alina l'aimait –, avait trouvé un village avec une poignée de voyageurs qu'il avait su apprivoiser et qui lui avaient fait comprendre d'où ils venaient. Ils lui avaient indiqué la route en lui montrant les étoiles. De bons marins qui avaient, comme lui, la science des courants. Ce savant, Roland Bonaparte, avait-il compris ? Arthur s'interrogeait. La date de la découverte scientifique de la sitelle corse était indiquée sur Internet : 1884. À quel moment avait-il enfoui ce document dans ses albums ? Avait-il voulu cacher cette incroyable révélation ?

Toute l'histoire du monde était à refaire, à l'envers. Christophe Colomb n'avait pas découvert l'Amérique et les populations taïno d'Hispaniola. C'étaient eux, les « sauvages », qui nous avaient trouvés, les premiers, et qui avaient indiqué à ce garçon de nulle part la route du Nouveau Monde.

TABLE DES ILLUSTRATIONS

L'éditeur tient à remercier le musée du quai Branly qui a mis gracieusement à sa disposition les photographies suivantes :

P. 12. Mur végétal du musée du quai Branly, conçu par Patrick Blanc, botaniste et chercheur au CNRS. Photo © musée du quai Branly / Cyrille Weiner.

P. 22. Le pavillon des Sessions, antenne du musée du quai Branly au musée du Louvre. Photo © musée du quai Branly / Cyril Zannettacci.

P. 34. Tête d'ancêtre moai présentée dans le hall d'accueil du musée du quai Branly. Cette œuvre a été restaurée grâce au soutien de la société des Amis du musée du quai Branly et mise en valeur grâce au mécénat de la Fondation EDF. Photo © musée du quai Branly / Cyril Zannettacci.

P. 36. Vue de la zone Océanie, plateau des collections permanentes. Photo © musée du quai Branly / Patrick Tournebœuf.

P. 51. Hache anthropomorphe. Ethnie taïno, vers 1200-1500. Hache en pierre dure noire décorée en léger relief d'une figure anthropomorphe. Dimensions : 20,5 × 8 × 6 cm. Photo © musée du quai Branly / Claude Germain.

P. 54. Vue aérienne du musée du quai Branly. Le jardin du musée a été conçu par le paysagiste Gilles Clément et réalisé grâce au mécénat de la Fondation d'entreprise ENGIE. Photo © musée du quai Branly / Roland Halbe.

P. 58. Spatule vomitive. Ethnie taïno, vers 1200-1500. Spatule sculptée dans un bois courbe (gaïac ou vigne). Dimensions : 36 × 13 × 6 cm, province de Puerto Plata, Amérique. Photo © musée du quai Branly / Claude Germain.

P. 61. Siège. Ethnie taïno, taillé dans la masse d'un tronc de gaïac, XIVe siècle. Dimensions : 42,4 × 30,36 × 71,5 cm. Photo © musée du quai Branly / Hughes Dubois.

P. 73. « Premiers Indiens qui s'offrent à Christophe Colomb ». Gravure en taille douce, au trait carré. Dimensions du montage : 16,5 × 22,3 cm. Dimensions du tirage : 12,4 × 17,6 cm. Photo © musée du quai Branly.

P. 83. Propriano. Tirage sur papier albuminé contrecollé sur carton. Dimensions du montage : 31 × 41 cm. Dimensions du tirage : 17,2 × 22,6 cm. (Collection Roland Bonaparte.) Photo © musée du quai Branly / Phillipon.

Toutes les œuvres reproduites dans cet ouvrage sont conservées au musée du quai Branly.

Composition : Nord Compo
Achevé d'imprimer
par Normandie Roto Impression s.a.s.
61250 Lonrai, en mai 2016
Dépôt légal : mai 2016
Numéro d'imprimeur : 1601428
ISBN 978-2-07-018000-4 / Imprimé en France

301213